FLEURUS
Direction : Guillaume Pô
Direction éditoriale : Sarah Malherbe
Édition : Estelle Mialon
Conception graphique et mise en pages : SKGD-Création
Correction : Catherine Rigal
Direction de fabrication : Thierry Dubus
Fabrication : Marie Dubourg

www.fleuruseditions.com
ISBN : 978-2-2151-6612-2
MDS : FS66122

JOHAN HELIOT
& ARTEMISIA

WILLY & FENRIS

LE COMPLOT DE L'ENGRENAGE

MOUSTIK par FLEURUS

Chapitre 1

Bombe à bord !

Alors qu'il survole la jungle, Willy se tient, solitaire, à l'avant du grand navire aérien dont les hélices brassent l'air parfumé de la végétation.

Dans quelques minutes, le ballon dirigeable qui transporte le tigre blanc s'amarrera au sommet d'une tour. Une nouvelle vie commencera pour Willy, loin de son village natal, loin aussi de la guerre qui oppose son espèce à ses plus anciens rivaux depuis un siècle.

Ici, le tigre blanc espère trouver la paix. Il semble d'ailleurs que celle-ci s'annonce pour bientôt. Deux ambassadeurs voyagent sur le même vaisseau, avec leurs gardes du corps. Ils viennent négocier un traité à l'invitation des Sages qui gouvernent la grande cité de verre et d'acier...

MÉKANYA ! IMPRESSIONNANT... COMMENT TANT DE GENS PEUVENT-ILS VIVRE AU MÊME ENDROIT ?
ICI, PERSONNE NE SE MOQUERA DE MOI À CAUSE DE MON PELAGE... ENFIN, J'ESPÈRE !
J'EN AI ASSEZ D'ÊTRE REGARDÉ DE TRAVERS, MÊME PAR LES MIENS
TOI, MON MATOU, JE T'AI À L'ŒIL !
JAMAIS VU UN FÉLIN AUSSI MOCHE...
SAC À PUCES MAL RECOUSU...
MÉKANYA, TERMINUS DE CE VOL. PRÉPAREZ-VOUS À DÉBARQUER !
BOMBE À BORD ! TOUT VA SAUTER !

Soudain, c'est la panique !

Dans l'affolement général, les passagers courent en tous sens, poussant des cris perçants. Chacun sait que, en cas d'explosion, le gaz contenu dans les ballons s'enflammera dans la seconde : il n'y aura aucun survivant.

Seuls les gardes des ambassadeurs conservent leur calme, formant rempart autour des deux éminences.

– Dirigez-vous vers les aéronefs de sauvetage ! ordonne le commandant depuis le gouvernail.

Cette simple phrase déclenche une ruée en direction de la poupe, où sont amarrés les engins de secours.

Il n'y aura jamais assez de place pour tout le monde dans les nacelles ! comprend Willy.

Il s'élance alors dans l'entrepont en se traitant d'idiot... Pourquoi faut-il toujours qu'il coure au-devant du danger ? N'a-t-il pas retenu la leçon de ses erreurs passées ?

Il faut croire que non !

La pénombre l'enveloppe au bas de l'escalier. Une odeur de soufre flotte dans l'air confiné. Willy la suit jusqu'à sa source, guidé par son flair. Là, un filet de fumée s'échappe d'une malle au couvercle entrouvert, au milieu d'un tas de bagages...

– Qu'est-ce que tu fiches ici, matou mité ?

Willy sursaute et se retourne, sortant les griffes d'instinct. Il n'a pas entendu le loup balafré se glisser derrière lui, son épée à la patte... Vu de près, il est encore plus laid, avec son museau couturé !

– Ce n'est pas le moment de se battre, lui lance Willy. Il y a urgence !

– Comme si je ne m'en doutais pas... Pourquoi crois-tu que je sois descendu derrière toi ?

De la pointe de sa lame, le guerrier soulève prudemment le couvercle de la malle. Il pousse un sifflement en découvrant à l'intérieur une machine infernale : de grosses bonbonnes pleines d'un liquide bouillonnant sont reliées par des fils torsadés à un réveil tictaquant. La grande aiguille aura rejoint la petite, figée sur le XII, dans moins d'une minute !

– Il y a largement de quoi pulvériser tout l'appareil, fait remarquer le loup. Aide-moi à balancer cette malle par-dessus bord...

– Au risque de causer des victimes dans Mékanya ?

– Seule la vie de mon ambassadeur m'importe ! J'ai juré de le protéger coûte que coûte.

– Pas moi. Mais je vais quand même essayer... Pousse-toi !

Le garde du corps montre les crocs quand Willy le bouscule. Mais le tigre blanc ne s'en soucie pas. Le front plissé par la concentration, il invoque la magie de son clan. Là-haut, sur le pont, c'est toujours le chaos. Willy s'efforce de ne pas se laisser distraire. Une bille de lumière dorée apparaît dans le creux de ses paumes en coupe. Il murmure quelques paroles anciennes et le soleil miniature se met à gonfler. Dès qu'il atteint la taille suffisante, Willy le déplace avec précaution autour du réveil.

– C'est quoi ce machin brillant ? grogne le garde du corps.

– Une bulle de temps-lent. Elle nous fera gagner quelques minutes, au mieux...

– Je déteste les sorciers encore plus que les carpettes à rayures dans ton genre !

Willy ne relève pas la double insulte. Épuisé, il vacille, manque de s'effondrer... Le loup le rattrape d'un geste vif. Au contact de sa fourrure immaculée, rayée de noir, Fenris ne peut s'empêcher de grimacer.

– Tu ne vas pas t'évanouir ?

Willy secoue la tête en se dégageant.

– Non. C'est juste que... la magie pompe pas mal... d'énergie...

– Tu m'expliqueras plus tard. Débarrassons-nous d'abord de ce joujou !

Le guerrier rengaine son épée puis soulève la grosse malle, comme si elle ne pesait rien. Willy le suit en titubant dans l'escalier. Une fois sur le pont, il avale une grande bouffée d'air frais, qui le requinque un peu.

– Attends ! s'écrie-t-il en voyant le loup approcher du bastingage, dans l'intention évidente de jeter son fardeau.

– Tu n'as pas d'ordre à me donner, matou dégénéré !

– Le choc fera sûrement exploser la bombe...

Du doigt, Willy désigne les passerelles qui se croisent entre les tours, sous la coque du navire.

Des centaines de citoyens inconscients du danger vaquent à leurs occupations ou bien profitent du temps splendide pour effectuer une promenade.

– Ce serait un massacre, insiste le tigre blanc.

– Qu'est-ce que tu proposes ? bougonne le guerrier. Encore un tour de passe-passe ?

Willy secoue la tête. Le sort de temps-lent l'a vidé de son potentiel magique pour un moment.

Il cogite en observant les alentours, jusqu'à ce que...

Les ballons de sauvetage ! Mais oui, évidemment !

– Dans une nacelle, dit-il en indiquant le plus proche panier d'osier, pris d'assaut par une foule que les matelots sont incapables de contrôler.

– Bien vu, mon minet !

En quelques enjambées, le loup gagne la poupe.

Les passagers s'écartent vivement à la vue de la fumée qui s'échappe par tous les côtés de la malle. Une fois celle-ci déposée dans le panier d'osier, un coup d'épée tranche les amarres. Libéré, le petit ballon monte tout droit dans le ciel... et explose avec un BLAM retentissant à peine quelques secondes plus tard !

L'onde de choc fait tanguer tout le dirigeable. Des fragments de toile et de cordage retombent en pluie sur le pont, heureusement sans causer le moindre dégât.

Des hourras et des vivats s'élèvent de tous les gosiers. Le commandant agite sa casquette et ses matelots, leur béret, pour saluer le duo qui vient d'éviter un drame épouvantable. Les ambassadeurs eux-mêmes adressent un signe de félicitation à leurs congénères.

– Bravo, capitaine Fenris ! lance le vieux loup gris. Votre conduite héroïque nous a sauvé la vie. Et, euh, bravo aussi à votre... *compagnon*.

– Oui, bravo à ce courageux garçon, enchaîne l'ambassadeur tigre, l'air embarrassé.

Le regard qu'il pose sur Willy en dit long sur ce qu'il pense. Mais le sorcier blanc a l'habitude d'être ainsi dévisagé par les siens. C'est d'ailleurs la raison principale de sa venue à Mékanya : se fondre dans l'anonymat.

Seulement, Willy comprend vite qu'il lui sera difficile de passer inaperçu ! En effet, un hippopotame brandit vers lui l'objectif de sa boîte à fixer les images. L'éclair de la grosse ampoule l'aveugle un instant.

– Encore une ! Rapprochez-vous du capitaine Fenris, s'il vous plaît, et prenez la pose tous les deux. Si vous pouviez vous serrer la patte, ce serait parfait...

Au moins, songe Willy, *la plaisanterie s'achèvera bientôt.* En effet, le dirigeable s'apprête à accoster au dernier étage d'une gigantesque tour de débarquement. D'ici quelques instants, adieu le si peu aimable Fenris !

– Capitaine ! intervient alors l'ambassadeur loup. En récompense de votre immense bravoure, je demanderai à ce que vous soyez décoré par les Sages de Mékanya, demain, en préambule à la réunion de paix…

– Et j'insiste pour que votre camarade le soit aussi ! s'empresse d'ajouter l'éminence féline. D'ici là, vous séjournerez tous les deux dans le plus luxueux palace de la ville. À mes frais, bien sûr…

Chapitre 2

Recherchés, morts ou vifs !

Willy traverse la place de son village sous les moqueries de ses voisins... C'est chaque fois la même chose ! Pourquoi sa fourrure n'a-t-elle pas la couleur du feu, comme celle des autres tigres ?

Une question qui agite les rêves de Willy depuis son enfance. Rejeté par les siens, il a grandi à l'écart et appris la magie avec le vieux Bors, qui vit reclus dans sa grotte. Quand les autres jeunes tigres sont partis à la guerre, Willy est resté là, en compagnie de son maître. Jusqu'au jour où le brave ours l'a incité à partir à la découverte du vaste monde...

Un vacarme soudain efface les traits de Bors et ramène d'un coup Willy à la réalité.

– Police, debout là-dedans !

Hi! Hi! Hi!
HU! HU! HU!
BAM!
CHEF, J'AI TROUVÉ !
CE SONT BIEN LES TERRORISTES ! ATTRAPEZ-LES !
AAAAAH!

Le hurlement de Fenris se noie dans le boucan des machines qui constitue la voix de Mékanya – cette dernière ne se tait jamais, de jour comme de nuit.

Ma parole ! songe Willy tout en chutant près de lui, *ce toutou mal dégrossi a peur du vide...*

D'une patte, le tigre attrape le loup par la queue tandis que, de l'autre, il s'agrippe à la rambarde d'un balcon situé plusieurs étages en dessous de celui de leur chambre.

– Aïe ! gémit Fenris. Rentre tes griffes, stupide matou !

– Désolé, j'ai besoin d'une bonne prise...

Willy se balance en équilibre au-dessus de l'abîme. La passerelle la plus proche est au moins à trente ou quarante mètres sous lui, la rue encombrée de piétons et de véhicules à vapeur, encore cent mètres plus bas.

– Tu vas me le payer, menace Fenris d'un ton peu assuré.

Le tigre blanc prend son élan et le projette dans l'escalier de secours du *Mékaplaza*, le palace où ils ont passé une partie de la nuit à éviter de s'entretuer avant de se mettre à ronfler, chacun d'un côté de la chambre. Puis Willy rejoint Fenris avec souplesse et agilité, complètement indifférent au vertige... l'avantage d'être un félin !

Des coups de sifflet retentissent au-dessus de leurs têtes. Les hyènes de la police appellent des renforts.

– Filons avant que l'endroit grouille d'uniformes ! propose Willy.

Fenris acquiesce, montrant les crocs.

– Je ne les aime pas plus que toi !

Le duo dévale, quatre à quatre, les volées de marches en métal. À un moment, Willy lève les yeux vers le ciel. Ce qu'il aperçoit tout là-haut, entre les flèches des grands immeubles et des tours en acier, manque de le faire trébucher : son portrait et celui de Fenris s'étalent en format géant sur les panneaux suspendus aux ballons d'information qui sillonnent l'espace aérien de Mékanya !

Willy reconnaît les images fixées par la boîte de l'hippopotame, la veille. Fenris et lui y affichent des sourires stupides et forcés. Mais ce n'est pas ce qui préoccupe le tigre sorcier. Le principal problème, à présent, c'est que tout Mékanya sait à quoi ils ressemblent.

Quelques minutes plus tard, le duo arrive, essoufflé, au bas de l'escalier de secours. Les sifflets des hyènes sont étouffés par le vacarme de la circulation. Willy essaie de ne pas ouvrir de gros yeux ronds. Il n'a jamais vu autant d'engins roulants à la fois ! Il y en a de toutes sortes et de toutes tailles, à deux, trois, quatre ou bien encore davantage de roues, qui pétaradent, vrombissent, chuintent et halètent sans répit. Au milieu de ce déferlement infernal, des centaines de citoyens vont et viennent sans s'adresser le moindre salut…

Tout le contraire du village d'où arrive Willy, où chacun se connaît et s'apprécie… à condition toutefois de posséder une fourrure de feu, pas décolorée comme la sienne !

Finalement, songe-t-il en s'immisçant dans la foule, *l'indifférence peut avoir du bon, parfois.*

Avec son compagnon d'infortune, il s'éloigne d'un pas rapide du *Mékaplaza,* tourne au coin de la première avenue, puis de la deuxième. Fenris avise alors une enseigne annonçant « à boire et à manger à toute heure de la journée ».

– Entrons là, je n'ai pas eu mon petit-déjeuner et j'ai une faim...

– ... de loup, je parie ?

– Très drôle. Il faut qu'on parle sérieusement, toi et moi !

Ils s'attablent au fond de la grande salle, face à la porte d'entrée, pour mieux repérer le va-et-vient des clients. Une odeur de graisse brûlée flotte dans l'air. Le ventre de Willy gargouille et il se met à saliver. Lui aussi est affamé. Cette pause-repas sera la bienvenue, en plus de la conversation.

– On a été piégés, attaque Fenris à mi-voix, après avoir passé commande. Ce sont les flics qui ont déposé cette bombe dans nos bagages...

– Brillante déduction, ironise Willy. En effet, on veut nous faire passer pour les poseurs de bombe du dirigeable. La question est : pourquoi ?

– Non, gros malin félin, la question importante est : qui ? Qui se cache derrière la tentative d'assassinat de nos ambassadeurs ?

– Tu penses donc que la bombe leur était destinée ?

– J'en suis certain. Ils viennent à Mékanya pour discuter d'un traité de paix historique entre nos deux espèces.

Willy acquiesce.

– Je sais, tout le monde en parle, chez moi. Ça pourrait mettre fin à cette guerre centenaire...

– ... ou relancer de plus belle les hostilités en cas d'attentat !

Un serveur leur apporte les plats ainsi que de grands verres pleins à ras bord. Fenris sort quelques pièces de sa bourse, puis se met à dévorer sans retenue. Willy l'imite jusqu'à se caler l'estomac, avant de reprendre la parole :

– Il faut prévenir ton éminence de notre innocence.

– Oui, ça me paraît sensé...

Fenris s'interrompt au moment où entre dans l'auberge un girafon porteur d'un paquet de journaux, qui se met à beugler :

– Édition spéciale de la *Mékagazette* ! Les faux héros étaient de vrais assassins ! Découvrez l'incroyable vérité !

Vite ! les clients réclament chacun un exemplaire. Les commentaires indignés ne tardent pas à fuser.

De leur côté, Willy et Fenris piquent du museau dans leurs assiettes vides...

– Plus question d'aller à l'ambassade, grogne Fenris. Les gardes nous feraient la peau sans même discuter. Je le sais, c'est moi qui les ai entraînés !

– Ravi de l'apprendre, rétorque Willy en levant le journal pour masquer son visage derrière la double page. Où aller, alors ?

– Dans un quartier moins fréquenté. Tous ces gens me rendent nerveux...

Bonne idée ! songe Willy en lui emboîtant le pas.

Fenris a l'air de bien connaître Mékanya. En tant que capitaine des gardes de l'ambassadeur loup, il a dû y effectuer de nombreux séjours. Cela rassure le tigre blanc, qui reste impressionné par l'agitation des rues et du ciel encombré de machines volantes.

Ils empruntent un premier trottoir roulant, cramponnés à une barre de soutien pour éviter de tomber lorsque le tapis d'acier s'élance à la vitesse d'une vapomobile sans les inconvénients : pas de bruit ni de fumée !

Après quelques changements de ligne, ils arrivent dans un endroit plus calme... moins rutilant aussi. Ici, les façades sont rongées par la rouille, les fenêtres ont des vitres brisées ou manquantes, les rares passants s'évitent d'un pas pressé. Willy ne se sent pas très rassuré.

– Pas de panique, mon minet, lui glisse Fenris d'un ton amusé, percevant son angoisse. Les hyènes ne s'aventurent pas jusqu'ici. On y sera en sécurité.

– Comment peux-tu en être certain ?

– Je suis né et j'ai grandi pas loin, avant de partir à la guerre.

Willy comprend mieux. Il parvient à se détendre. Ils marchent encore un peu à travers un dédale de ruelles encrassées lorsqu'un déclic fait frétiller les oreilles du tigre blanc. Avant même que le sorcier puisse réagir, Fenris s'est jeté sur lui pour le plaquer au sol.

Deux projectiles fendent l'air en sifflant juste à l'endroit où se trouvaient leurs têtes une seconde plus tôt...

Sans lui laisser le temps de comprendre, le loup se redresse et part en courant. Willy le voit bondir sur une longue et mince silhouette surgie de sa cachette, derrière un tas de poubelles.

Il le rejoint et le trouve à califourchon sur un alligator aux pattes étreignant le tube d'une sarbacane.

– Ce bestiau à sang-froid a essayé de nous tuer avec des fléchettes empoisonnées ! enrage le guerrier. Il nous attendait là, je suis sûr que personne ne nous a suivis. Parle, mon coco écailleux ! Qui t'a envoyé ?

Mais le reptile reste muet.

– Laisse-moi faire, intervient Willy, en séparant les deux adversaires. Je connais un moyen de lui arracher la vérité...

Chapitre 3

Un complot au sommet

L'œil du tigre s'illumine soudain, comme si une flamme venait de s'allumer à l'intérieur. Ses pupilles d'un joli vert émeraude se mettent à tournoyer et son regard accroche celui de l'alligator, fasciné.

– Qu'est-ce que tu fiches, matou mité ? grince Fenris.

– Chut, tu vas me déconcentrer !

Le loup marmonne dans ses babines, mais n'insiste pas.

Grâce à la magie, Willy impose peu à peu sa volonté au reptile. Les leçons de Bors l'aident à réussir ce tour d'hypnose. L'ours lui a enseigné la façon de contrôler l'esprit des créatures les moins futées. Heureusement, ce tueur couvert d'écailles ne semble guère briller par son intelligence !

TU OBÉIS À MA VOIX.
QUI T'A ENGAGÉ ?
GHÂÂÂÂÂ
LAISSE-MOI LE SECOUER, JE TE GARANTIS QU'IL VA PARLER !
IL N'AVOUERA QUE CE QU'IL SAIT...
QUE SIGNIFIE C TATOUAGE ?
VIVENT CEUX DE L'ENGRENAGE ! MORT AUX FAUTEURS DE PAIX !
QU'EST-CE QUE ÇA VEUT DIRE ?
JE N'EN SAIS RIEN, MAIS...
MORT À LÉONA LA TRAÎTRESSE !

– Qui est cette Léona ? interroge Willy.

– La seule lionne parmi les Sages du conseil de Mékanya, l'informe Fenris. Elle est à l'origine de cette rencontre entre les ambassadeurs.

– Et on veut la tuer pour ça, tu crois ?

Fenris hoche le museau.

– Je pense qu'elle est en grand danger...

– Alors il faut la prévenir sans tarder !

– Je te rappelle un détail : nous sommes des fugitifs, recherchés morts ou vifs.

Ah ! Willy l'avait presque oublié, suite à cette séance d'hypnose. Parfois, la magie semble s'amuser à retourner ses effets contre son enchanteur.

– Et les Sages logent au sommet de la plus haute tour de la ville, ajoute encore Fenris.

– C'est vrai que tu crains l'altitude...

Le loup grimace avant de gronder, menaçant :

– Je n'ai peur de rien ni de personne !

– Très bien, j'en prends bonne note, énonce le tigre sorcier d'un ton affable.

– C'est plus prudent, mon minet.

Willy ignore la menace. Comme pour lui

donner raison, l'humeur de Fenris repart déjà au beau fixe...

– Tu n'as quand même pas tort, poursuit-il. Léona doit être avertie qu'un complot menace sa sécurité.

– Et lui ? s'enquiert Willy, désignant l'alligator au regard toujours halluciné.

– Je connais un moyen sûr de nous en débarrasser.

La patte de Fenris effleure le pommeau de son épée...

– Non, pas ça ! s'insurge Willy. Toi, je ne sais pas, mais moi je n'ai rien d'un assassin !

Les deux compagnons d'infortune s'affrontent quelques instants du regard. Fenris finit par lâcher :

– Si ceux qui l'emploient nous croient morts, nous pourrons circuler sans craindre qu'un nouveau tueur nous tombe dessus à l'improviste. Mais c'en sera fini de cet avantage dès que ce saurien de pacotille aura fait son rapport !

– Je vais le persuader qu'il a réussi sa mission, affirme Willy. Ainsi, on pourra le laisser s'en aller.

Fenris pèse le pour et le contre, puis range son épée.

– Entendu, félin sorcier. Mais j'espère que ta magie sera efficace et que je n'aurai pas à regretter de t'avoir fait confiance !

La tour des Sages est en fait plus proche de l'imposant immeuble constitué de pierre et d'acier, dont les multiples fenêtres reflètent la lumière matinale. Elle est surmontée d'une coupole, tout là-haut, qui semble flotter parmi les nuages.

Une file de visiteurs s'étend devant les portes de l'ascenseur menant au sommet, d'où l'on peut profiter d'un admirable panorama sur Mékanya et la jungle alentour.

Deux gardes léopards filtrent l'accès à la cabine, dévisageant avec attention chaque candidat à l'ascension...

– Tu es sûr de ton coup ? murmure Fenris à leur approche.

– Mon sort de dissimulation ne m'a jamais trahi, rétorque Willy sur le même ton.

Il ne précise pas que c'est parce qu'il l'utilise pour la première fois ! Inutile d'inquiéter le loup guerrier, qui apparaît sous la forme d'un chacal distingué, avec gants et riche pourpoint. Willy, lui, a opté pour l'apparence d'une panthère noire portant redingote. Le sort de dissimulation ne fonctionne en effet qu'entre espèces cousines. Ainsi, le tigre n'aurait pas pu se transformer en éléphant ou en souris. De plus, cela réclame un gros effort de la part de Willy. Bientôt, il sera trop affaibli pour maintenir le sortilège, et alors...

– Avancez, il reste de la place à bord ! leur commande un léopard.

Sitôt la grille refermée derrière eux, l'ascenseur, tiré par un gros câble, s'élève en suivant la courbe d'un pilier. La vue devient de plus en plus époustouflante.

Après cinq bonnes minutes, la cabine s'immobilise au point culminant de Mékanya. Les curieux s'éparpillent à la recherche d'une longue-vue. Willy et Fenris leur faussent compagnie pour grimper l'escalier jusqu'à la coupole d'acier du niveau supérieur.

C'est là que se réunissent les Sages pour décider des affaires de la cité. Là aussi qu'aura lieu, le lendemain, la réunion avec les ambassadeurs tigre et loup, dans une salle circulaire aux hublots ouvrant sur l'azur et les nuées...

La chance semble enfin sourire à Willy et Fenris !

L'imposant lion pointe soudain une griffe sur Willy, qui repère une certaine bague autour du doigt de Barkan... Elle s'orne du même engrenage, deux roues dentées assemblées, que le tatouage du tueur alligator !

Mais le tigre n'a pas le temps de s'interroger sur cette coïncidence. Une bouffée d'énergie le secoue de la tête aux pattes et le sort de dissimulation s'efface. Pas de veine... Il a fallu qu'il tombe sur un sorcier bien plus puissant que lui, peut-être même autant que Bors, ou plus !

– Mais... je les reconnais ! s'écrie le rhino. Ce sont les poseurs de bombe !

– Vous faites erreur, tente d'expliquer Fenris. Léona, je vous en prie, écoutez-moi...

La lionne se lève de son siège pour jeter un regard intrigué aux nouveaux venus.

Quels yeux magnifiques ! note Willy, toujours secoué mais ému.

Tandis que Fenris s'apprête à révéler ce qu'ils ont découvert, une horde de léopards fait irruption dans la salle.

– Les terroristes sont venus achever leur sinistre besogne, s’emporte Barkan. Abattez-les sans sommation. C’est un ordre !

Aussitôt, les gardes au pelage tacheté dégainent leur lanceur de fléchettes, version améliorée de la sarbacane de l’alligator.

Comprenant qu’il est inutile d’insister, Willy et Fenris n’ont pas besoin de se consulter pour se jeter par le plus proche hublot ouvert à leur portée...

Chapitre 4

L'empereur des Bas-Fonds

Et c'est la chute dans le vide...

Pour la deuxième fois de la journée !

Fenris réprime son cri de terreur, mais ne peut s'empêcher de hurler intérieurement : *Oh non ! ça recommence !*

Or, il tombe de bien plus haut que ce matin, certain de vivre ses derniers instants. Et, cette fois, aucune acrobatie, aucun tour de magie, pas même de ce cinglé de matou sorcier, ne pourra les sauver !

Soudain, quelque chose d'énorme et rond se profile sous Fenris... Le loup rebondit sur la toile d'un dirigeable qui croise sa trajectoire, comme sur un trampoline !

Par réflexe, il s'agrippe des quatre pattes au filet entourant le ballon de tissu. Son cœur cogne à tout rompre dans sa poitrine. Le guerrier reste accroché là quelques secondes, à reprendre ses esprits, quand le rire de Willy résonne et l'oblige à rouvrir les yeux. Il découvre alors cet imbécile dans la nacelle, heureux de ne pas souffrir du vertige.

– Sacré saut ! s'écrie le tigre. Tu as parfaitement négocié l'atterrissage. Et sans mon aide. Bravo !

Fenris gagne le panier d'osier à gestes prudents, en maudissant Willy. Lorsqu'il ose enfin jeter un coup d'œil au-dessus de lui, il aperçoit la coupole des Sages en train de rapetisser.

– Le vent nous est favorable, l'informe le tigre blanc, brandissant sous son nez le filin d'arrimage qu'il a tranché d'un coup de griffes. On s'éloigne assez vite. Mais tu as vu ça ?

Penché par-dessus bord, le sorcier désigne les pancartes fixées aux côtés de la nacelle.

– C'est un ballon d'information. Et les dernières nouvelles concernent le complot en cours.

En effet, l'un des panneaux reproduit les portraits des ambassadeurs, accompagnés de la légende : *Un accord est-il possible après un siècle de guerre ?*

Un autre représente Léona et déclare : *Donnons une chance à la paix !*

Le troisième montre Barkan, l'air sévère, qui assure : *« Nous combattrons la terreur par tous les moyens ! »*

Enfin, le quatrième affiche la trogne du rhinocéros à la fraise en dentelle, sous ce commentaire : *Le milliardaire Praxès soutient le conseil.*

– Je ne vois pas à quoi ça nous avance, râle Fenris.

– Moi, je commence à y voir plus clair, assure Willy.

Il révèle alors avoir vu au doigt du lion le mystérieux engrenage tatoué sur l'alligator.

– Barkan est lié à ce complot de l'Engrenage, conclut-il. Peut-être même qu'il le dirige.

– Possible, admet Fenris après un temps de réflexion. L'affaire serait donc plus sérieuse que je ne l'imaginais. Barkan chercherait à éliminer tous ceux qui veulent la paix. Et pour écarter les soupçons, il a trouvé deux beaux idiots à qui faire porter le chapeau : nous !

– Mais pourquoi ? interroge Willy. Quel serait son intérêt ?

Fenris hausse les épaules.

– Continuons de fouiner, on finira par le découvrir. Par contre, plus question d'agir au grand jour. On a maintenant la garde léopard aux trousses.

– Qu'est-ce que tu suggères ?

– D'abord, d'arrêter de défier la gravité. Au cas où tu ne l'aurais pas remarqué, je n'ai pas d'ailes ni de plumes collées aux pattes. Alors trouvons refuge le plus loin possible des airs, si tu veux bien...

Willy acquiesce. Il tire sur le cordon qui laisse échapper l'air contenu dans la toile du ballon, puis s'exclame avec un plaisir enfantin :

– Tout le monde descend !

– Pouah ! Qu'est-ce que ça pue !

Naseaux frémissants, le tigre blanc observe d'un sale œil le flot marronnasse qui coule dans le fond du boyau où il patauge, avec Fenris.

– Ne fais pas ton délicat, se moque le guerrier. Ce sont des égouts. Tu pensais que ça allait sentir la rose ?

Fenris étouffe un ricanement. Willy commence à regretter d'avoir si facilement accepté de le suivre sous la chaussée, sitôt le ballon posé au milieu d'une rue et de ses passants consternés.

Ça paraissait pourtant une bonne idée : soulever une plaque d'acier, descendre l'échelle, fuir à la barbe et au museau d'éventuels poursuivants et les semer dans le labyrinthe des sous-sols de Mékanya...

Sauf qu'ils progressent depuis des heures maintenant, dans cette puanteur, et que Willy a bien l'impression que son comparse est autant perdu que lui !

– Si tu me disais ce qu'on cherche, au moins ?

Les traits du loup se tordent à la lueur de l'orbe magique reposant dans la paume du tigre blanc.

– Un allié, avoue finalement Fenris. Du moins, je l'espère. Parce que, à nous deux, il faut admettre qu'on n'est pas de taille à affronter autant d'adversaires.

– Et quel genre d'allié espères-tu trouver ici ?

– Aurus le Grand, aussi connu comme l'empereur des Bas-Fonds. Maintenant, tais-toi et poursuivons !

TU AS ENTENDU ?!
CRRR!
QUOI ?
ÇA ! QU'EST-CE QUE...
CRRR!
CRRR!
CRRR
CRRR!
CRRR!
CRRR!
CRRR!
CRRR!
CRRR!
CRRR
CRRR!
PLOUF
PSHHH!
QUELLE HORREUR ! JE SUIS TREMPÉ ! ET PAS QUE D'EAU !
MON ÉPÉE ! RENDEZ-MOI MON ÉPÉE, ESPÈCES DE...
SILENCE !
PRÉPAREZ-VOUS À COMPARAÎTRE DEVANT L'EMPEREUR, AURUS LE GRAND !
CHUT!
CRRR!

Bouillant de colère dans son pelage souillé, Willy se laisse guider par les ombres vives…

Dans une obscurité totale, il ne peut que les sentir le frôler. Pourtant, une chose est certaine : elles sont très, très nombreuses et possèdent de redoutables dents affûtées !

Devant le tigre blanc, Fenris avance en ruminant toutes sortes d'obscénités, blessé dans sa fierté de guerrier.

Le périple souterrain se poursuit jusqu'à ce que les prisonniers perçoivent sous leurs coussinets un sol sec et dur comme l'acier.

Autour d'eux, des milliers de paires d'yeux flamboient, pareilles à une constellation d'étoiles rougeoyantes.

– Que me vaut l'honneur de votre visite ? tonne une voix, dont l'écho résonne loin et longtemps dans les ténèbres environnantes.

Dévoré par la curiosité, Willy rassemble ses dernières forces afin de créer un nouvel orbe de lumière… et ce qui apparaît alors est bien moins impressionnant que ce qu'il avait imaginé !

Gloups, fini de rire ! À ces mots, Willy se croit perdu. Un ordre d'Aurus, et sa horde de rongeurs lui saute dessus ! Mais, contre toute attente, Fenris vient à son secours.

– Celui-là n'est pas comme les autres, on peut lui faire confiance...

Le loup résume ensuite leur aventure depuis leur rencontre à bord du dirigeable. Aurus l'écoute sans l'interrompre, puis déclare :

– Un complot pour empêcher tigres et loups de signer la paix ? Voilà qui ne m'étonne pas d'une crapule telle que Barkan ! Ce gros méchant minet est prêt à tout pour conserver son influence sur le conseil des Sages !

– Mille pardons, Majesté, ose Willy, mais vous semblez bien informée à son sujet...

– Tu l'as dit, mon joli ! Avant de régner sur les bas-fonds de Mékanya, où crois-tu que j'exerçais mes talents ?

– Dans la tour des Sages ? devine le tigre blanc.

– En effet. Ma petite famille et moi, nous tenions les archives de la cité pour le compte du conseil. Jusqu'au jour où Barkan nous a chassés au prétexte d'assainir la tour ! Il nous a même bannis officiellement de Mékanya. Depuis, nous nous cachons dans ses bas-fonds, mais ce n'est pas par choix. Franchement, qui voudrait vivre ici s'il n'y était pas forcé ? Alors, si Fenris et toi m'apportez l'occasion de rendre à ce balourd la monnaie de sa pièce, je me ferai une joie de vous aider !

Aussitôt, les milliers de membres de la « petite famille » de l'Empereur ponctuent la tirade d'Aurus par une salve de couinements déterminés...

Maintenant, Willy comprend pourquoi Fenris a tenu à les entraîner dans les égouts de Mékanya !

Chapitre 5

Le géant d'acier

L'heure de l'assemblée de paix approchant, la tension monte dans Mékanya. Les environs de la tour des Sages grouillent de léopards comme de tigres et de loups en armes, chargés de la sécurité des deux ambassadeurs.

Dans le ciel, des soldats en aérocycle, sorte de bicyclette des airs, patrouillent autour de la coupole. On redoute une nouvelle attaque des « terroristes » dont les portraits s'affichent aux nacelles des ballons d'information.

– Je ne suis pas à mon avantage sur ce cliché, se vexe Fenris. J'ai l'air d'un loup sauvage, pourtant je suis tout à fait civilisé !

Willy se permet d'en douter, mais il est prêt à

reconnaître que ses balafres et son air irrité donnent à son compagnon une image de créature plus primitive qu'il ne l'est réellement.

D'ailleurs, lui-même se révèle ahuri sur l'image tirée en milliers d'exemplaires et distribuée dans toute la cité.

Le duo surveille les allées et venues en surface à travers les barreaux d'une grille d'égout, près de la tour où siège le conseil des Sages. Aurus et de nombreux membres de sa famille les accompagnent en toute discrétion.

Le dédale souterrain de Mékanya n'a plus aucun secret pour ces clandestins forcés, de même que les moyens de s'infiltrer en douce dans la plupart des bâtiments, habituellement pour y prélever leur nourriture.

Mais, cette fois, l'enjeu est autrement plus important !

Sur un signe de Willy, la troupe descelle la grille.

En un éclair, elle se faufile jusqu'à la base de la tour...

Vite, les rats s'empressent d'attaquer la porte à grands coups d'incisives...
ACCÈS INTERDIT
Oups !
BING
Attrapez-les !
DING
Les uniformes endossés, nos héros se retrouvent seuls dans l'ascenseur.
Ton pelage blanc va te trahir.
Je n'ai plus assez d'énergie !
Alors tant pis !
HAUT
BAS

Le levier sitôt remonté, la cabine s'élève à toute allure vers la coupole, pour s'immobiliser au sommet de la tour dans un soubresaut. Ni une ni deux, Willy et Fenris s'en extirpent, tous les sens aux aguets. Un léopard en faction à proximité relève un sourcil intrigué.

– Vous fichez quoi, vous deux ? La réunion a commencé ! Hé, mais je vous recon...

Sa phrase s'achève sur un cri étouffé quand Fenris lui assène un violent coup sur le museau, suivi d'un autre sur la nuque, le mettant K-O.

– Cache cet idiot dans l'ascenseur, ordonne-t-il à Willy.

Le tigre blanc s'exécute avec une grimace. Au moins, le guerrier n'a pas tué ce pauvre garde !

Les infiltrés gravissent une volée de marches qui mènent à la coupole. À leur arrivée, deux autres gardes postés devant la porte d'entrée relèvent leurs fusils lanceurs de fléchettes.

– On a besoin d'aide ! les interpelle Fenris. Il y a eu du grabuge plus bas...

Ces quelques mots suffisent à capter l'attention

des léopards, donnant le temps au loup d'arriver jusqu'à eux. Là, en quelques gestes vifs, il les expédie au pays de l'inconscience. Puis il ramasse les fusils et en tend un à Willy.

– Ça peut toujours être utile, mon minet.

– Je n'ai jamais appris à m'en servir...

– Ce n'est pourtant pas *sorcier*, sourit Fenris. Tu vises et tu tires !

Enfin, sans attendre de réponse, le guerrier entrouvre la porte et s'immisce à pas feutrés dans la salle de réunion bondée.

Le conseil des Sages au grand complet siège autour de la table centrale, en compagnie des deux ambassadeurs. Le rhinocéros Praxès est lui aussi présent. *En tant qu'invité d'honneur ?* suppose Willy, tout de même étonné.

Barkan est encore plus couvert de décorations que la veille ! C'est lui qui mène le débat. Assise à ses côtés, Léona arbore une expression indéchiffrable. Le cœur du tigre blanc fait un bond dans sa poitrine en l'apercevant. Ses yeux, immenses et d'un bleu si pur, le troublent énormément...

– Aïe ! lâche-t-il.

Fenris vient de le pincer pour le ramener à la réalité.

– Arrête de rêver et ouvre grand tes mirettes. Si tu repères quoi que ce soit de suspect, attaque sans sommation !

Facile à dire pour un guerrier, songe Willy.

Il se glisse néanmoins dans le dos du public assistant aux négociations, parmi lequel il reconnaît l'hippopotame et sa boîte à fixer les images, entouré d'autres journalistes. Chacun regarde les Sages et écoute attentivement Barkan. Personne ne se préoccupe d'un simple garde, au grand soulagement du tigre blanc.

Fenris est parti de son côté. Willy s'efforce de ne pas se laisser distraire par Léona, car le danger peut surgir à tout moment. Peut-être l'assassin du complot de l'Engrenage se trouve-t-il déjà dans la salle, infiltré lui aussi sous un déguisement ?

Après celui de Barkan, les discours s'enchaînent, tous plus rasoirs les uns que les autres. Seul celui de Léona, aussi bref que porteur d'espoir pour la paix à venir, semble vraiment sincère.

C'est enfin au tour des ambassadeurs de prendre la parole. Mais, au moment où le congénère de Willy s'apprête à exposer ses conditions, un bruit sourd résonne, tel un roulement de tonnerre, et le sol se met à vibrer sous les pattes du tigre sorcier.

Le bruit se répète, un peu plus fort. Puis encore, et encore... chaque fois plus puissant et accompagné de tremblements. Jusqu'à ce que la lumière du jour décline, comme si des nuages noirs avaient brusquement envahi le ciel.

Exclamations et interrogations s'élèvent du public, reprises en écho par les Sages.

– Qu'est-ce que c'est ?

– Un dirigeable en perdition ?

– Un séisme ?

– Un orage ?

Un garde s'approche d'un hublot et pousse un cri strident.

Un immense fracas se fait entendre. La vitre circulaire vient de voler en éclats en même temps que le verre de la coupole, dont les débris retombent en pluie à l'intérieur de la pièce. Une main gigantesque fait son apparition...

Indifférent au chaos qui règne au sein de l'assemblée, sous le choc, Willy s'élance vers la brèche dans la coupole. Il n'a qu'une idée en tête : voler à la rescousse de Léona.

Mais ce qu'il aperçoit dehors le laisse sans voix.

Suspendu à la tour par un bras, un géant d'acier en forme de gorille semble le narguer. Ses muscles actionnés par piston laissent échapper des jets de vapeur au moindre de ses gestes. Un système complexe de rouages en mouvement s'emboîte dans son large dos et sur son poitrail. Ses yeux sont des vitres teintes derrière lesquelles Willy devine avec peine les silhouettes qui le commandent.

Sans plus hésiter, le tigre blanc passe son fusil en bandoulière et saute dans le vide pour se raccrocher à une poutrelle en saillie, juste sous la coupole. Puis il bondit jusqu'à la suivante, plusieurs mètres plus bas, court en équilibre dans la structure d'acier, tel un funambule.

Mais, malgré sa souplesse et sa rapidité, Willy comprend vite qu'il ne pourra jamais rattraper le ravisseur de Léona.

Le gorille mécanique pose déjà un pied par terre alors que le tigre se trouve encore à mi-hauteur de la tour.

En quelques enjambées, le colosse simiesque parcourt l'équivalent de centaines de pas au milieu de la chaussée, éparpillant les véhicules comme de vulgaires insectes.

Un feulement de frustration et de rage s'échappe de la gorge de Willy.

– Par ici ! Lève le museau, matou inconscient !

Fenris apparaît alors dans les airs, juché sur la selle d'un aérocycle. Le loup pédale furieusement pour agiter les ailes articulées du petit engin volant et le maintenir en état stationnaire, près du tigre blanc.

– Il n'y a qu'une place à bord, fait remarquer ce dernier.

– Pas grave ! Saute sur mes épaules et accroche-toi ! Vite, avant que ce singe monstrueux ne s'enfonce trop loin dans la jungle... ou que le vertige l'emporte sur mon envie de découvrir d'où il vient !

Chapitre 6

Le secret de la montagne

La jungle étend sa mer de verdure autour de Mékanya, véritable île d'acier et de verre uniquement accessible par la voie des airs... à moins de posséder un gorille mécanique capable d'abattre les arbres qui se dressent sur son passage !

Car le géant creuse un net sillon dans la végétation touffue, qu'il suffit de suivre. Du moins, tant que les mollets du loup ne faiblissent pas, car il pédale depuis plus de deux heures et commence à fatiguer.

Pour preuve, l'aérocycle pique dangereusement du nez en direction de la canopée...

– Du nerf, grand guerrier ! l'encourage Willy, grimpé sur ses épaules pour jouer les vigies. Ce n'est pas le moment de faiblir !

GRUMPF !
IL EST LÀ ! JE LE VOIS !
JE NE SAIS PAS SI JE TIENDRAI JUSQUE-LÀ...
IL SE DIRIGE VERS UNE GROTTE.
PSHH !
PSHH !
PLUS VITE, PLUS VITE !
GNNN !
?!
CLAC
AAAAAAAAAH !

Finalement, le choc est moins rude qu'ils ne s'y attendaient, mais cela n'empêche pas Willy et Fenris de dégringoler de branche en branche, secoués et malmenés, jusqu'au pied d'un grand baobab couvert de lianes !

Le tigre blanc se relève le premier, un peu sonné. Il vérifie que son fusil n'a pas souffert avant de s'inquiéter pour son compère.

– Toujours entier ?

– Attends que je compte chacun de mes os…

– Si tu plaisantes, c'est que tout va bien ! Allez, en route ! On a une montagne à escalader avant de sauver Léona…

Grimper à flanc de rocher, même escarpé, est un jeu d'enfant pour un tigre ! Moins pour un loup, malgré la détermination de Fenris. Heureusement, ce dernier peut compter sur les tresses de lianes pour faciliter son ascension. Et, surtout, il s'interdit de regarder le vide sous ses pieds !

Finalement, après de gros efforts, Fenris rejoint Willy devant l'entrée de la grotte où a disparu le gorille mécanique.

– J'ai bien cru que tu n'arriverais jamais, espèce de traînard...

– Trop aimable de ta part de m'avoir attendu ! Mais c'est peut-être parce que tu as eu peur d'entrer tout seul là-dedans ?

Fenris désigne la cavité emplie de ténèbres qui s'ouvre devant eux. Vexé, Willy marmonne dans ses moustaches et s'empare de son fusil. Puis il pénètre dans l'antre du géant d'acier en faisant attention où il pose les pattes. Fenris lui emboîte aussitôt le pas.

Le sol s'incline en pente douce et s'enfonce dans la roche. On perçoit une espèce de vrombissement lointain, dont l'écho résonne entre les parois de la caverne, qui se transforme en un large boyau une centaine de pas plus loin. D'abord, la lumière du jour parvient à éclairer le passage, puis une clarté verdâtre la remplace peu à peu, diffusée depuis l'intérieur de la montagne !

Willy et Fenris s'avancent à pas feutrés, tous les sens aux aguets. Quelques minutes plus tard, ils arrivent en vue d'une immense salle encombrée de machines, sous un plafond où pendent des stalactites.

L'imposant gorille s'est immobilisé, bras ballants, dans un nuage de vapeur. Il se tient près d'un échafaudage sur lequel s'activent des babouins en tenue de mécanicien, clés à molette et burettes d'huile en mains. La scène est illuminée par des globes phosphorescents, sûrement remplis de gaz, devine le tigre blanc.

Celui-ci retient soudain une exclamation en apercevant Léona, bien vivante, entre les pieds du monstre d'acier. Un orang-outang plus large que haut s'extirpe alors d'une ouverture pratiquée dans le talon droit du colosse figé. Engoncé dans une combinaison marquée de l'engrenage, coiffé d'un casque en forme de demi-noix de coco, il se dandine jusqu'à la lionne dont le cri furieux résonne par-dessus le boucan des machines :

– Réomus ! Savant perfide ! Traître sans scrupules ! J'aurais dû me douter que vous vous cachiez derrière ces tentatives de compromettre la paix !

L'orang-outang lève ses longs bras poilus en signe d'apaisement.

– Je ne suis qu'un scientifique au service de la cité, comme vous le savez très bien, madame la conseillère. Je n'ai pas imaginé ce complot...

– Qui, alors ? s'emporte Léona, montrant les crocs.

Contre toute attente, la réponse ne vient pas de Réomus. C'est Willy qui s'avance à découvert en braquant son fusil sur le singe, avant que Fenris ait pu l'en empêcher.

– C'est sûrement Barkan, le sorcier soi-disant Sage !

L'irruption du tigre blanc ainsi que sa révélation stupéfient un instant Léona, tout comme l'orang-outang. Mais ce dernier se reprend rapidement. D'un geste, il agrippe la lionne par un bras, tandis qu'il ordonne à ses babouins :

– Emparez-vous de ce fouineur à la langue trop bien pendue !

Mais, tandis que les singes attaquent, Willy contre-attaque...
... et Fenris se jette dans la mêlée.
BAM!
ZIP!
PAF
Lâchez-la immédiatement !

Les babouins, s'avouant vaincus, s'échappent aussi vite que possible en grimpant à l'échafaudage, avant de disparaître par des issues creusées dans la roche, invisibles depuis le sol. Il ne reste plus que Réomus, pas assez vif ni agile pour échapper à la menace du fusil de Willy.

– Pas la peine de s'énerver, mon jeune ami, se défend-il. Je suis inoffensif, je peux vous l'assurer.

De près, Willy remarque l'âge avancé du savant, son mufle tout fripé, le crâne dégarni sous le casque posé à son sommet.

– Vous, peut-être, dit-il en lançant un regard méfiant au gorille géant, mais votre engin de malheur, ça m'étonnerait !

– J'aurais pu lui commander d'écraser la conseillère dans son poing, rétorque Réomus, mais je ne l'ai pas fait.

– Ainsi, on ne s'était pas trompés, intervient Fenris. Barkan veut bien l'éliminer.

Le vieux savant se met à pousser un soupir si profond qu'on croirait entendre une baudruche qui se dégonfle.

– L'attentat du dirigeable ayant échoué, explique-t-il à Léona d'un air désolé, et les ambassadeurs étant encore en vie, Barkan a décidé de passer au plan B. Mais je n'étais pas d'accord avec lui, madame. J'ai décidé de simplement vous enlever et de vous ramener jusqu'à mon laboratoire pour vous mettre à l'abri. De toute manière, il s'agissait surtout de démontrer les capacités de mon Mékaguerrier...

Le savant lève un de ses grands bras pour désigner le géant d'acier, non sans une pointe de fierté, avant d'ajouter :

– De ce point de vue, ma mission est parfaitement accomplie ! Tout le monde en ville a pu juger de son efficacité.

– Vous prétendez que ce lourdaud mécanique est un guerrier ? s'étonne Fenris.

– Le plus infatigable et vigoureux qu'on ose imaginer ! se réjouit l'orang-outang. L'ère des combats au corps-à-corps entre soldats armés d'épée est révolue, mon cher, ne vous en déplaise. Demain, les champs de bataille verront s'affronter de formidables machines. C'est l'avenir, on ne peut pas l'éviter...

– Surtout quand on fait tout pour le provoquer, coupe Willy, écœuré. Comme Barkan et son richissime allié, Praxès. Car c'est bien lui qui a financé cette folie, n'est-ce pas ?

Réomus ne prend pas la peine de démentir. Léona jette tour à tour sur Willy et Fenris un regard interloqué.

– Vous en avez trop dit ou pas assez. Expliquez-vous, je vous en prie !

Willy se lance alors dans un résumé des événements depuis son arrivée à Mékanya, sans rien lui cacher. Dès qu'il a terminé, la lionne enchaîne en révélant les pièces manquantes du puzzle :

– Praxès a bâti sa fortune pendant la construction de la ville, supervisée par notre plus brillant cerveau : Réomus, ici présent…

L'orang-outang s'incline sous le compliment, mais Léona n'a pas encore fini.

– L'avidité ou la recherche de la gloire à tout prix les ont, hélas, pervertis !

– À moins que ce ne soit la magie de Barkan, précise Willy. J'ai senti son aura, sous la coupole.

Elle est vraiment puissante. Beaucoup plus que la mienne...

– Cesse de te lamenter, matou navré ! s'exclame Fenris. Il faut rentrer en ville pour révéler la vérité et faire reconnaître notre innocence...

Un ricanement de Réomus l'interrompt.

– Vous arriverez trop tard pour empêcher Barkan de prendre le pouvoir. À l'heure qu'il est, il a déjà dû faire enfermer les ambassadeurs en les accusant d'avoir fomenté l'enlèvement de Léona. Convaincre le conseil de déclarer la guerre aux tigres et aux loups ne sera plus qu'une formalité.

– Nous déclarer la guerre ? répètent en même temps Willy et Fenris. Mais pourquoi ?

– Pour les ressources de vos territoires, répond la lionne. Mékanya a besoin d'énormément de minerais pour produire son acier. Or, vos sous-sols en regorgent. J'avais prévu de procéder à des échanges commerciaux avec vos ambassadeurs. Mais j'ai l'impression que Barkan préfère s'accaparer vos biens par la force...

– Je ne vois pas comment il peut nous y

contraindre, objecte Fenris. L'armée des loups est redoutable… et j'admets que celle des tigres se défend pas mal ! Vos léopards n'ont pas la moindre chance face à elles deux, surtout sans le Mékaguerrier à leurs côtés…

– Parce que vous croyez que nous ne possédons pas d'autres atouts ? s'esclaffe l'orang-outang. Attendez-vous à une surprise fort déplaisante !

Chapitre 7

Mékanya passe à l'attaque !

– On ne va quand même pas traverser la jungle à pattes ! proteste Fenris. Ça prendrait beaucoup trop de temps ! En plus, j'ai les mollets en compote après la séance de pédalage que tu m'as infligée…

– Rassure-toi, toutou râleur, j'ai la solution !

Willy pointe une griffe vers le gorille d'acier.

– Quoi ? Là-dedans ?! s'écrie Fenris. Tu as perdu la tête ?

– Je ne l'ai jamais eue aussi bien vissée au cou, au contraire !

– Ce n'est pas une si mauvaise idée, tempère Léona.

– Peuh ! crache Réomus. Je suis le seul à savoir piloter le Mékaguerrier, et vous ne pourrez jamais m'y obliger !

– C'est ce qu'on va voir, gronde le tigre blanc. Regardez mes yeux très attentivement...

– Qu'est-ce qui lui prend ? s'étonne Léona, tandis que le savant se fait hypnotiser.

– Ce matou est plus futé qu'il n'y paraît, lâche Fenris avec un sourire. Lui aussi est un grand sorcier, quoi qu'il prétende. En vérité, madame, il gagne à être connu, je dois l'avouer !

Léona ne cache pas sa perplexité. Cependant, quelques instants plus tard, tous se faufilent dans les entrailles du géant mécanique pour atteindre les commandes installées sous son crâne.

Fenris doit soutenir Willy dans l'étroit escalier qui grimpe à l'intérieur d'une jambe, puis dans la poitrine, au milieu des rouages et des engrenages... L'effort fourni pour convaincre Réomus de collaborer a complètement épuisé le félin ! Ce dernier s'affale près des leviers et autres manettes de pilotage, luttant pour ne pas perdre connaissance.

Fenris et Léona encadrent le siège où s'est calé l'orang-outang au regard halluciné.

– En avant ! ordonne la lionne. Direction Mékanya !

Tigres et Loups ont trahi Mékanya !
Une heure plus tard, à Mékanya...
Je leur déclare la guerre et je prends le commandement ! Pour venger Léona !
Vive le général Barkan ! Vengeons Léona !
Si le peuple se réjouit...
On peut dire adieu à la paix...
Nous n'aurons hélas pas l'occasion de nous serrer la patte.
... les ambassadeurs, emprisonnés, se désolent.
BRMMMM
Quand soudain...
... la Cité entre en métamorphose !

– Pince-moi, matou, je crois que j'hallucine ! s'exclame Fenris.

– En ce cas, on est deux, répond Willy d'une voix faible, en se frottant les yeux.

– Hélas, vous ne rêvez pas, dit Léona. Je n'aurais jamais cru assister à ça, moi non plus. Barkan a activé le mode guerrier de Mékanya !

Pressés derrière les yeux vitrés du gorille mécanique, les deux félins et le loup assistent à l'incroyable métamorphose de la cité en une terrifiante machine, prête à semer la dévastation.

– Réomus a jadis conçu ce dispositif pour défendre la ville, explique la lionne. Mais Barkan l'a fait améliorer pour qu'elle puisse passer à l'offensive... Avec le soutien de Praxès, évidemment !

Le spectacle de cette masse, arc-boutée sur des pattes d'araignée géantes, a de quoi ébranler la raison. Et la voir s'animer en relâchant des milliers de jets de vapeur n'est pas plus rassurant !

– Où se dirige-t-elle ? demande Fenris. Qu'est-ce qu'il y a, par là-bas ?

Effectivement, Mékanya commence à s'éloigner par-dessus la jungle, projetant son ombre démesurée sur la canopée, en direction du sud.

– Tu ne te rappelles pas ? s'étonne Willy. Tu as oublié le lieu où tu t'es battu contre les miens ?

Le loup affiche un rictus désolé.

– Ah... le champ de bataille de nos armées, lâche-t-il à mi-voix.

– À trois jours de vol en dirigeable, renchérit le tigre. Combien de temps mettrait la cité, à la vitesse où elle se déplace ?

– Sauf incident mécanique, moins d'une journée, annonce Léona sur un ton attristé.

– Si elle y arrive, ce sera un massacre sans précédent, avertit Fenris.

Willy acquiesce.

– On doit l'en empêcher ! À n'importe quel prix...

À ce moment-là, une nuée d'aérocycles s'élève dans le ciel de Mékanya pour piquer tout droit sur le gorille.

– On a été repérés, avertit Léona. En même temps,

il aurait été difficile de nous rater... Soit Barkan se méfie de ses alliés, soit il a compris que quelque chose ne tourne pas rond...

– Ou il veut donner une leçon à Réomus pour ne pas vous avoir écrabouillée, suggère Fenris.

– Peu importe, élude Willy en fixant l'essaim d'engins ailés. Ça va secouer : ils ont des bombes !

Après être parvenus à s'extirper du Mékaguerrier, Willy, Fenris, Léona et Réomus s'abritent sous sa carcasse fumante en attendant que la nuée de léopards bombardiers se disperse. Ils repartent ensuite en direction de la cité montée sur pattes.

Le choc des explosions a tiré le vieil orang-outang de son état d'hypnose. Constatant les dégâts, il se lamente :

– Mon beau gorille ! Ils l'ont détruit…

– Ce sont les risques de la guerre, souligne Fenris. Et c'était le sort que votre *singerie* à rouages réservait à de braves tigres et loups, si je ne m'abuse !

– Tu as bien dit « braves tigres » ? demande Willy, taquin. J'ai bien entendu ?

– Grumpf ! Je dois être encore sous le choc…

– Arrêtez un peu, tous les deux ! les coupe Léona. Ne laissons pas s'échapper Mékanya tant qu'il est encore possible de la rattraper !

– Et comment y pénétrer, madame ? interroge Willy. Vous connaissez une issue secrète ?

Léona secoue la tête.

C'est Réomus qui répond à sa place :

– Moi oui. N'oubliez pas que je l'ai construite, jeune tigre. Et j'ai autant envie que vous de la rejoindre, car je ne m'imagine pas un seul instant finir ma vie dans la jungle ! Mais il va falloir nous dépêcher avant qu'elle n'atteigne sa vitesse de croisière...

Chapitre 8

Aux commandes de la cité

Fenris soutient le vieil orang-outang, qui serait incapable de courir assez vite pour rattraper Mékanya. Quant au tigre blanc, il est aidé par Léona, n'étant pas encore totalement remis de ses efforts magiques.

Chaque fois que les membres articulés de la cité s'abattent sur la jungle, le sol tremble sous son formidable poids. Le quatuor doit alors prendre garde à ne pas s'effondrer ou se faire écrabouiller.

Au terme d'une course folle et d'audacieux zigzags entre les monstrueuses pattes d'araignée, le groupe parvient à se glisser sous le ventre d'acier, dans l'ombre des sous-sols de la ville ambulante.

Il suffirait qu'elle décide de se reposer, songe Willy, et ils seraient réduits en purée ! Mais rien de tel ne se produit, heureusement.

– Et cette issue secrète ? demande Léona, en haussant suffisamment la voix pour couvrir le vacarme produit par Mékanya.

– Là-haut, répond Réomus entre deux halètements, l'index pointé sur une sorte de bouchon géant, hors de portée.

– Comment l'atteindre ?

– L'un de vous doit grimper le long d'une patte et se suspendre à ces arceaux, là, explique le savant en indiquant du doigt le chemin à suivre.

– Je n'aurai pas la force, avoue Willy.

– C'est bon, mon minet, je me dévoue ! lance Fenris.

– Mais tu as...

– ... peur du vide ?

Le loup éclate d'un rire de défi.

– Il est temps que je me soigne ! conclut-il.

Et il bondit sur la patte la plus proche au moment où elle s'abaisse, abandonnant l'orang-outang à Léona, en plus du tigre blanc.

Sans jamais regarder en dessous de lui, Fenris se hisse sur les pistons géants, évite les jets de vapeur brûlante, s'agrippe du bout des griffes à la moindre prise de métal...

Après bien des acrobaties, il s'accroche enfin au premier arceau et, soutenant son propre poids à bout de bras, progresse jusqu'au couvercle qui ferme l'entrée secrète...

... pour découvrir l'absence de poignée ou de tout autre système de déverrouillage !

Le cri de rage du guerrier résonne sous le blindage de la cité tandis qu'il frappe du poing avec férocité.

Le bouchon se met alors à pivoter, avant de sauter. Une échelle de corde émerge de l'ouverture et se déroule jusqu'au sol. Sans hésiter, Fenris monte à bord de la cité mobile.

Réomus grimpe ensuite à l'échelle, suivi de près par Willy, et enfin Léona. Tous trois retrouvent Fenris à l'intérieur de Mékanya, dans une sombre galerie suintant l'humidité, au milieu de centaines de rats.

– Bienvenue dans mon domaine ! les accueille l'empereur des Bas-Fonds. Heureusement que mes guetteurs ont partout des yeux et des oreilles !

Les yeux brillants de colère, Aurus se tourne vers l'orang-outang pour ajouter :

– Cela fait longtemps que nous n'avons plus entendu parler de toi. Tu t'es bien gardé de nous défendre quand Barkan a décidé notre renvoi…

Réomus se dandine avec gêne en grognant.

– Si j'avais protesté, il m'aurait écarté, moi aussi, se défend-il.

– Son précieux ingénieur ? J'ai du mal à y croire. Tu as plutôt manqué de courage, avoue, vieux couard !

– Vous réglerez vos comptes plus tard, intervient Léona. Le temps presse. Nous devons absolument reprendre le contrôle de Mékanya. Aurus, l'aide de ta famille nous sera indispensable…

– Le contraire m'aurait étonné ! Mais qu'est-ce que ça va nous rapporter, à part des ennuis supplémentaires ?

– Vous serez rétablis dans vos fonctions d'archivistes officiels, avec tous les honneurs. Je te donne ma parole de Sage.

L'empereur des Bas-Fonds esquisse un sourire qui révèle toutes ses dents tranchantes.

– J'espère qu'elle vaut plus que celle de Barkan !

– Attendez, le Mékacerveau est à l'abri des intrus, proteste Réomus. Vous ne pourrez pas l'atteindre...

– Que tu crois, vieux macaque ! réplique Aurus avec mépris.

– Vous pouvez vraiment nous y conduire ? s'inquiète Léona.

Le « père » des rats bombe le torse d'un air suffisant, sans parvenir à faire rentrer son ventre bedonnant.

– Évidemment ! Avez-vous déjà oublié à qui vous avez affaire ? se rengorge-t-il. Suivez le guide !

Alors nos héros se remettent en marche, sous l'escorte des rats et la direction d'Aurus. Il leur faut ainsi peu de temps pour atteindre un endroit méconnu de la cité...

– On y est ! chuchote Aurus. Ce que vous voyez en face est...

... LE MÉKACERVEAU !
PENDANT QUE DES RATS DÉCOUPENT LE GRILLAGE POUR FAIRE PASSER NOS HÉROS...
... D'AUTRES ONT POUR MISSION DE GRIPPER LA MACHINE !
CLUNG !
CLANG !
CLING
QU'EST-CE QUE...
ENCORE VOUS DEUX !
AAAH !
ROAR !

Seul, jamais Willy n'aurait pu affronter Barkan, surtout sans sa magie ! Mais, avec Fenris à ses côtés, les chances s'équilibrent.

Ils évitent le feu lancé par le vieux lion en s'écartant au dernier moment, l'un sur sa gauche, l'autre sur sa droite.

Moins vif que le loup, le tigre se fait roussir une partie de son pelage immaculé. La douleur lui arrache un grondement. Fenris a déjà tiré l'épée et effleure les côtes de Barkan, découpant un pan de sa tenue d'apparat.

Le Sage pousse un nouveau rugissement. Ses griffes ajoutent une balafre à la collection du loup, en plein sur le museau ! Mais cela ne suffit pas à faire reculer le guerrier, qui repart à l'attaque illico.

Willy profite de l'occasion pour sauter sur le dos de Barkan et l'aveugler en lui plaquant ses pattes sur les yeux.

– Bien joué, matou madré ! s'écrie Fenris.

Et bim ! Il assène un violent coup du pommeau de son épée sur le front du lion, qui vacille et finit par s'effondrer.

– Je vais t'achever..., commence le loup avant de se corriger : ... mais je ne voudrais pas m'abaisser au niveau d'un vulgaire assassin !

Il adresse un clin d'œil à Willy, soulagé, qui poursuit :

– Assurons-nous quand même qu'il ne puisse plus nous jouer un de ses tours.

En quelques coups de griffes, le tigre déchire plusieurs lambeaux de la tenue du Sage qu'il ligote solidement, puis il lui couvre le visage d'un masque de tissu soyeux.

– S'il ne voit plus rien, sa magie perdra en efficacité. Mais on ferait mieux de ne pas tarder à l'enfermer derrière de bons barreaux d'acier !

– Qu'il prenne la place de nos ambassadeurs, approuve Fenris, et qu'il croupisse en attendant que Praxès le rejoigne ! Je l'ai vu filer, mais il ne devrait pas être difficile à repérer...

Après s'être assuré que le combat était bien terminé, Réomus est venu s'emparer des commandes du Mékacerveau. Il abaisse des leviers, en repousse d'autres, tourne des volants crantés, jusqu'à ce que les fuites d'huile et de fumée s'arrêtent. Tout comme, peu à peu, le vacarme provoqué par le déplacement de la cité, ainsi que les vibrations propagées dans sa structure.

Léona se précipite sur le cornet acoustique qui permettait à Barkan de lancer des ordres et de faire résonner sa voix dans les rues et les avenues.

– Citoyens de Mékanya, on vous a trompés ! C'est Léona qui vous parle, et je vais vous révéler la vérité au sujet du complot contre la paix...

Le discours de Léona obtient l'effet escompté. Furieux d'avoir été manipulés, les citoyens de Mékanya ne tardent pas à mettre la patte sur Praxès pour le jeter dans la cellule voisine de celle de Barkan, en attendant que tous deux soient jugés pour leurs méfaits.

Puis, à l'initiative de la lionne, une nouvelle réunion de paix s'improvise sitôt les ambassadeurs libérés, sous une coupole déjà en cours de réparation, au sommet de la tour des Sages.

Cette fois, c'est la bonne ! Un traité est enfin signé, qui met un terme à la guerre centenaire entre les deux espèces !

Sous l'œil radieux de Léona, les deux ambassadeurs se serrent la main.

– Que vas-tu faire, maintenant ? demande Willy. Réintégrer la garde de ton ambassadeur ?

– Je suppose, dit Fenris. En tout cas, je n'irai plus me battre contre aucun tigre. Et toi ? Tu étais venu chercher la tranquillité et l'anonymat à Mékanya. Mais ça me semble compromis, maintenant que tout le monde connaît ton portrait !

Le tigre blanc soupire, avant de hausser les épaules.

– C'est sûr ! Je devrais peut-être regagner mon village... Ils finiront par m'accepter tel que je suis là-bas. Tôt ou tard.

– J'ai une meilleure proposition à vous faire, intervient Léona. À présent, vous êtes non seulement innocentés, mais en plus considérés comme des héros. Que diriez-vous de mettre cette notoriété, ainsi que vos talents, au service de la cité ?

Willy et Fenris s'interrogent un moment du regard, paraissant hésiter.

– Vous seriez assignés à la protection du conseil, insiste la lionne. Et à la mienne, tout particulièrement...

– C'EST D'ACCORD ! s'exclament-ils de concert.

Léona se retient d'éclater de rire, car de nombreux journalistes assistent à leur échange. Les ampoules des boîtes à fixer les images ne cessent d'ailleurs de lancer leurs éclats vifs et crépitants.

La Sage se tourne vers les objectifs. Elle attrape dans une patte celle du loup, dans l'autre celle du tigre, et leur souffle à mi-voix ce conseil plus qu'amical :

– Alors rentrez vos griffes et souriez de tous vos crocs !

TOME 2 À PARAÎTRE
AU 1er TRIMESTRE 2022 !

Tu as aimé ce roman-BD Moustik ? Alors tu aimeras sûrement...

Chats & Sorcières
Magie, gaffes et compagnie

CATHERINE KALENGULA & FALTAZIUS

C'est la rentrée pour Rose, et quelle rentrée !
Car c'est la prestigieuse école de magie d'Avalon qu'intègre la jeune fille, où chaque élève se voit attribuer un Chat-Sorcier expérimenté chargé de le guider dans son apprentissage.
Mais la Chatte-Sorcière de Rose, Flamme, s'enfuit dès le premier soir ! Que s'est-il passé ? D'où lui viennent ces ailes qui ont subitement poussé sur son dos ?
Aidée de ses deux nouvelles amies, Merline et Nina, et de leurs Chats-Sorciers respectifs, Rose va devoir affronter bien des épreuves pour retrouver son mentor !
Et peut-être, aussi, découvrir son don caché, celui que chaque sorcière, chaque sorcier, détient au plus profond de son cœur…

Certifié PEFC

Ce produit est issu de forêts gérées durablement et de sources contrôlées

PEFC

PEFC/32-31-076

www.pefc-france.org

Dépôt légal : septembre 2021
Achevé d'imprimer en juillet 2021 par Dimograf en Pologne.
N° d'édition : J21287

Produit composé de matériaux issus de forêts bien gérées certifiées PEFC™ (Conseil de Soutien de la Forêt) et d'autres sources contrôlées.